U0605877

Commentaire

L A I S S E Z - M O I

我选择
独自一人

Marcelle Sauvageot

[法] 马塞尔·索瓦热　著

梅思繁　译

天津出版传媒集团

天津人民出版社

果麦文化 出品

1930.

11.

07

✻

　　"你在那里看到了爱的证明，是不是？"车轮敲打着铁轨的声音，与这个句子紧密地交织在一起。我有点冷。我睡不着，蜷缩在角落里。我是多么的冷啊！这列火车为什么开出去呢？人做了错事后那种喉咙发紧的感觉，那种焦虑紧紧地抓住了我；我离开脆弱的幸福，准备回到疗养院去；这是愚蠢的。这几个星期以来我是有那么点快乐时光的。也许正因为得到了那些小小的愉快，我将会付出代价，面临巨大的忧伤。

　　"你在那里看到了爱的证明，是不是？"我看到昨天晚上对我说这句话的那张痛苦纠缠的脸。然后我又看到与这张脸叠加在一起的面孔，它离我很近，眼睛里充满了泪水，对我说道："跟我结婚吧，不然您会背叛我的……"我希望这画面能重新开始，这样我就会去亲吻那张脸，然后对它说："我不会背叛您的。"然而一切并没有重来一遍，那句话我也没有能够说出来。因为我不知道什么时候说合适，也不知道应该用什么语气来说。我内心波涛汹涌。为了不让自己陷入狂乱的情感中，我不得不坚硬起来。在情感发生的那一刻，要如何让其他人理解那一瞬间的心灵震动？让我们在这温柔的、叫人心神安宁的句子中睡去吧："你看到了爱的证明，是不是？"我要随风为你送去一个吻。如果你爱我，我就会痊愈。

　　而当我痊愈以后，你就会发现，一切都会变好的。喊你为"你"，那是让我高兴的事情，因为你已经不在这里了。我不习惯这样叫你，这好像是不被允许的，可恰恰又美妙无比。有没有可能有一天我真的能喊你为"你"呢？当我的病好了，你就不再觉得我脾气不

好了。我病了。你跟我说生病的人会努力对身边的人
更温和，你还给我举了好些例子。我不喜欢你跟我讲
大道理，这让我想打哈欠。假如你要责怪我，那说明
你对我的爱变少了，你拿我和其他人做比较。生病的
人是温和的，可我呢，我筋疲力尽了。我把所有的力
气都用来不断地对不明白情况的人说"谢谢"。可是
你，你为什么需要那一句"谢谢"呢？你不明白，因
为你根本不知道。我问你，假如你连续八天无法入睡，
你会是什么样的情绪？你回答我说这样的事从来没在
你身上发生过，不过你觉得应该不会太愉快。你当然
不明白。而且我知道，我们一起在乡下的时候，你并
不高兴。你心里希望人在巴黎，因为巴黎有你的那位
女性朋友。你急着想回去，你觉得我很烦人。你看，
这又是一件同我的意愿相反的事情：我以为让你来会
令你高兴的。在巴黎的时候，你的情绪更好……你也

觉得我更好：因为她在那里。你不喜欢生病的人。我想你觉得应该把病人都关起来，或者让他们消失。假如你自己生病了，也许你会有不同的看法。

"你看到了爱的证明，是不是？"这句话，叫人如何做想呢？我知道你不再喜欢我了。你用一种近乎好笑的小心谨慎避免同我说："我爱你！"你什么都没有承诺过我。可对我来说，一个人走得远远的，充满信心地沉浸在你的爱里，这是多么好的事情。我需要它：当我痊愈以后我要与它重聚。对一个病人来说，有一个人继续在爱她、在等她，其他的一切都无关紧要了。虽然这只是一种暂时的消遣，但这种确定是最大的幸福。她觉得她暂时放在一边的生活，似乎察觉到了她的离去。她无法想象一种全新的未来。对于同过去突如其来的分离切割，她感到虚弱痛苦。她所希望的一切，不过是在不久的将来，继续从前的一切。

　　我希望将昨夜的记忆如同护身符一样存留在身边。只要闭上眼睛，那些幻想就会浮现。它就如同一个梦，不要去触碰它。

　　我爱你。

✽

莱娜－奥特维儿！

我很害怕。我不想下车。

我想把自己隐藏到一个没人能看见我的角落里。我想把自己遗忘。坐着火车一路去很远很远的地方，那将是件多么愉快的事情！我也徒劳地等待过某种偶然的指引，可是一切都促使着我的离开。该怎么办呢？到了必须下车，回到这间悲伤的房子里。可为什么是必须呢？我能感觉到双腿的犹豫，在短暂的一分钟里必须做出行动的那种关键时刻，却难以动弹。我头脑里响起这样一个声音："我不要去，我不要去……"然而到了最后一秒，在某种惊慌失措之中，以一种令人难以置信的迅捷，我完成了迟迟跨不出去

的一步。我很勇敢。我下车了。我依照规则走完程序，
为了向自己证明，我是强大的。有一个人在巴黎爱着
我：我会回来的。天上下着雨，雾气朦胧。四点了，
天就快黑了。这时候如果能和他一起，坐在一间温暖
的、小小的公寓里喝茶，那该多美好。我们可以聊小
时候的事。天上下着雨，天黑了。我深深地盯着疗养
院看，想要在这注视里提前感受下我即将经历的痛苦，
这样未来的日子会少些痛。穿着睡裙的男人女人们，
眼窝深陷，咳嗽着。我觉得自己好像又病了。为什么
我会重新回到这里？来到房间，我把身体陷进椅子里；
一件充斥着烦恼、病痛与绝望的大衣压在我的肩膀上；
我好冷。我美丽的梦如同碎片般消散而去。我听不到
那嗓音了，我没有他的爱包裹着了。清晨，当白昼将
我们从梦中唤醒，我们试着闭上眼睛，一动不动，把
梦中的画面重建起来，然后让它继续。可是那日光摧

毁了一切：话语失去了声响，手势全然没有了意义。好像消散而去的彩虹：有些色彩突然出现，可随即又消失，再回转而来，然后什么都没有了。就这样，所有美丽的梦都不在了。有没有可能真的一切都不存在了？我傻傻地重复着：我明天就离开这里。我尝试抓住些碎片，好让昨天晚上的一切继续存在。可那只是一片被击碎的幻景。

明天当我给你写信的时候，我将不再知道如何用"你"来称呼你，我会给你写信，但我将无法再对你讲述我内心深处的一切。你留在了那个地方，你能了解我现在如同一个囚犯吗？我不知道该如何表达。我变蠢了，但我能清楚确定地感觉到这冰冷的现实，当我在这里的时候，一切都不再可能了：你不会继续爱我。

1930.

|

12.

|

10

✳

　　我今天收到了很多信，但我要把你的信留在最后读。它也许会同我讲些我在期待着的话。

　　自从我回来后，那些信让我觉得失望又担心：真的，我觉得他不再爱我了。这两年我生病以来，常常不在他身边。而他，一如既往地生活着。我一直想让自己相信，他会等我的，可他真的是在等我吗？这一切对他来说是否都只是暂时的、不完整的？他是不是在等我回来以后花开圆满的那一天？或者他只是让这一切毫无遗憾地死去？反正我的存在，也并不会妨碍他寻找到更美好的。

　　我确实很笨拙，我不会表达情感。只要一说话，我就自我嘲笑，也嘲笑别人，用一个充满讽刺意味的句子摧毁刚刚建立起来的印象。我其实对自己很警惕，对自己会像所有其他人一样表露内心的情感总是感到很惊讶。听自己说话的时候，我有种好像在听别人讲话的感觉，我觉得自己不真诚；那些词汇好像把我的情感放大了，让它们显得异样。我觉得人们会微笑起来，就像听到一个小孩在讲些她全然不了解的事情。让我来说"我爱你"，那是不可能的。如果有人相信我，那必然是我搞错了！于是我只能不清不楚地这么说："您，您说爱我，因为您说出来了。可我呢，我爱的方式恐怕是不对的：其他人一定比我更懂该如何爱一个人，如何表达她的爱。"我害怕自己哪天发现，其实我并不是真正地在爱，于是提前开始怀疑我的情感。我害怕哪天被人指责不是真心诚意，于是想象着各种我根本不爱的情况。我确定我会不忠诚。对于那个我对他说我不喜欢他的人，为了不让对方不高兴，我也拒绝其他人陪我去戏院，或者吻我的手。这样否认我心里真正喜欢的那份感情，好像我就能对那个说"我爱你"的人多些情感上的牵挂。

我想让人家猜我的心思：可我表现出来的只有善变和嘲讽。他看到的一定也只有这些，我从来没有在他面前表现过别的。我是不是对他的期待有点太多了？可这几天他写给我的那些信里，嫉妒清晰可见。他应该还是爱我的。这封信也许依然温柔。

✽

　　"我要结婚了……我们还是朋友……"我不知道发
生了什么事。我站在那里一动不动，房子好像旋转了
起来。肋骨让我觉得疼，也许是在肋骨还要下面一些
的地方，我感到好像有人用一把锋利的刀慢慢切开了
我的肉。所有事的价值好像都在此刻发生了巨变。就
好像一部暂停了的电影，那些还没有播放的部分只是
一系列没有画面的胶片；而那些已经看过的胶片，上
面的人物如同木偶般一动不动：已经没有任何意义了。
它们的身上曾经充满了我的影子和期待。我并不知道
它们身上究竟会发生些什么，可我还是把我的灵魂借
给了它们。现在一切都结束了，之前的行动也都随之
清空，消散为碎片。我有种感觉，好像我把我的内心

交给了一副生硬的骨架，而它的生硬却在嘲笑着我的
焦虑：我连对它发火都不能。最后那些胶片中潦草的
手势让我痛苦。它们曾经充满承诺：空无一物的胶片
是遵守承诺的。

　　当人还没有经历痛苦的时候，我们是有力量面对
它并与之抗衡的，因为我们还不知道它究竟有多强大：
我们看见的只有抵抗，期待某天一种更饱满的生命能
重新开始。可是当我们真的身处其中时，我们只想举
起手大喊"请放过我吧"，同时震惊又疲惫地说："又
来了！"我们已经提前知道即将经历的各种痛苦，也
明白在那之后又将是一片空白。

　　清晨，蒙蒙眬眬苏醒，那时痛苦仍然轻微，你在
心里默默祈求上帝让你可以继续睡一会儿。就如同用
棉花包裹保护起来的肿瘤，突然一阵撕心裂肺的剧痛
让你感觉到它的存在。这是一幅小小的清晰画面，两

天前它还没有丝毫的攻击性。这个手势，这个眼神，
以前你几乎忽略了它的存在，现在它出现在你的想象
里，它将不再是对你，而是对着另一人去说、去表达。
你的心跳在一种剧烈疼痛的抽搐中停止了。那是个暗
中酝酿起来的"计划"，只为了讨他开心。实际全无意
义。白天和晚上偶有风平浪静的时候，这时候你会有
点惊讶，自己居然没有什么太大的感觉。你紧盯着那
些句子、那些声音、那些气味，它们会突然之间让疼
痛复活。什么小事都可以成为哭泣的借口。在报纸上
读到一句傻话，换了从前只不过会让人耸耸肩毫不在
意，如今却将你丢入情感的黑洞。至于她，她是怎么
样的呢？她有着各种各样的优点，这是你和我都能看
到的。我们沉浸在一种不同寻常的幸福中，在获知那
消息前，那幸福看起来还不受威胁。可现在呢，现在
你觉得自己无比凄惨，你想腼腆地说一句："其实我也

是可以让您幸福的。您自己也这么同我说过。"你反抗着、诅咒着，想要局面反转。可翻盘并没有出现，或者出现得太晚，那时人们早已忘了这一切。它恰恰是现在有用，因为它可以让我们心里存留的爱意继续维持着，也许还会走向胜利。我们的爱对"他的心"已经没有影响力了。可是假如突然之间，"他"因为另一个女人开始受苦，或者"他"后悔离开，觉得一切都已经太晚，此刻奔向他去安慰他，那会是一种何等的喜悦；用爱去安慰那个离开爱的人，这本身就是一种慰藉。

想到他不再需要我，这事实让人难以接受。

也许这些痛苦只是想象的产物，想象给了人具体的画面，从而夸大了人的情感？可当我读到"我要结婚了"那句话的时候，我的脑海中是没有任何画面的。我只是觉得痛，简简单单的痛，没有任何其他的想法。

您现在同我讲我们之间的"友谊"更纯粹了，这也是全然正常的，因为没有了欲望、嫉妒、期待这些东西掺杂其中，总也得给它些新的内容。于是人们会想到友谊，"这个比爱情更高贵的姐妹"。我们试着把它送给对方，并且要表现出这种爱比从前的那种更好。

您很有说服力；通常当人们在您这样的处境时，总是格外有说服力。因为人首先得说服自己，于是我们会找到各种机智无比的理由以及一种愉快又热情无比的口气。当表演结束时，我们对成功完成这一事件高兴得很，假如对方并没有被说服，那一定是她的问题。

您知道"友谊"到底是什么吗？您是不是觉得那是一种不温不火的感情，只需要把感情里那些残余的东西拿出来，再不时地帮点小忙，就足够了？友谊，我想是一种更强烈且排他的爱……它没有那么惊天动地，它更隐秘。友谊同样也会经历嫉妒、期待、欲望……

　　您曾是我的朋友，您曾想娶我；那一定需要很多的爱。

　　在我刚到疗养院几天后收到的您的第一封信里，您这样写道："我知道您如今病得很严重。但您一定不是因为对某个人的付出而生病的。"确实，别人对我没有任何亏欠。因为这个世界上一切友谊的规则，包括您的规则，都是"互相付出"。我常常自问，我并不是一直在付出，我也不需要寻找其他的理由，为什么您好像不再喜欢我了？

　　您那时给我写过充满爱意的信，充满嫉妒的信。您曾经整晚不开心，因为一个朋友在你我之间占据了太多的时间，您上一封信里说到您是如此的痛苦，以至于难以把那封信写完。然后就："我要结婚了……我们还是朋友。"我并不是在说您对我演了一场戏，只是，您应该不是一夜之间就突然不再喜欢我的。

　　您那时喊我"我的大女孩"。我是那个什么都知道的人，而您就只负责听。可您并没有说什么。可别对我说那是我的错，我应该问您些什么的。真正的朋友并不需要别人问他才能开始倾诉。

　　未来我们之间的友谊，将会是件美丽的东西。旅行时我们可以互相寄明信片，新年时可以互递巧克力糖果；我们可以探望对方；在完成某些目标的时候告诉对方，这样可以气气他，也免得在失败的时候让对方怜悯自己；我们假装成自己以为的自己，而并非真实的自己；我们会互道很多的"谢谢""抱歉"，那些全然无须思考的客套话。我们将会是朋友。但是，您真的觉得这一切有必要吗？

1930.

12.

14

✳

　　有的浪漫歌谣就像您的信开头那样："我曾经那样地爱您……"过往的时光似乎离得如此之近，悲伤得像狂欢结束的时候。当那些灯光都熄灭了，我独自站在那里，望着一对对情侣消失在昏暗的街道。一切都结束了，没有什么可以等待的了，可我依然久久不愿离去，明明知道什么都不会再来了。您的话像是吉他的调子，反复响起一句副歌："我没能带给您幸福。"那是从前的一首老歌，如同一朵干枯的花朵……过去是不是这么快就变成了一样老旧的东西？

　　幸福？这个词像一首悲歌。您呢，您把它私人化，给予它特殊的定义。我们是不是真的能像您那样来谈论这个词？

　　当某种香气叫人喜欢，我们会试着捕捉它，让它
重现。我们不会让自己彻底沉醉其中，这样才能继续
分析它，一点一点浸入其中，然后只单凭记忆，就能
对它拥有生理性的感知。当那香气重新回来时，我们
会更缓慢、更温柔地将它吸入体内，好感受那细致脆
弱的芬芳。猛吸一口香气让人觉得晕眩，同时有种意
犹未尽的恼人。或者是一种令人不适的窒息感，叫人
只想立即从这感觉里解脱出来，好自由呼吸。又或者
是一种过早结束的狂喜激动，只会触及神经紧张的人。
身心被震颤着，以至于什么都不知道了，那是一种幸
福。可是始终留有一个意识清醒的角落，知道发生了
什么，让每一个有理性有思辨能力的生命在每一刻都
知道幸福有可能到来，让那个小小的意识角落可以慢
慢品味欣赏幸福的发展演变，跟随它一直走到尽头，
这难道不也是一种幸福吗？有这么个小小的角落不被

震颤，但是它仍然见证着人体会到的幸福。它会记得一切，它可以说：我那时候是幸福的，我也知道是为什么。我愿意被喜悦冲昏头脑，可是我想抓住冲昏头脑的那一刻，将感知推到更远的意识消退的那一点。人不应该缺席自己的幸福。

我的这个角落评判着您、衡量着您。在评判与衡量您的时候，我看见了您的弱点、您的不足。假如我留在那里，接纳您的不足，热爱它们，这又有什么问题呢？哦！男人，你总是要人家欣赏你。你不会去评判、衡量你喜欢的女人。你只是在那里抓住了她；你抓住了你的幸福，她好像不再属于自己，丧失了一切概念，但你是幸福的。她对你喊："我爱你。"而你呢，你满足得很。你不再粗暴，你温柔，你同她交谈，你为她担心；你用温柔的话语安慰她，哄她。但你不会评判她，因为你要她因为你而感到幸福，你还要她这么对你说。可是如果你发现有两只眼睛在看着你，对你微笑，你却会生气。你好像觉得人家"看见"了你，你不想被"看见"，你只想就这么"存在"着。然后你会带着点担忧问："你在想什么？"

我在想你。你嗓子间的那种轻笑和你的牙齿，我不喜欢。你的眼睛微微闭着，好像是为了渗透进同你对话的人的思想里去，向对方展示你看透了他。你的嘴唇微微翘起，显得有点黑，你的脑袋完全向前伸出去。你脸上显出那种刚发现了某种智慧理论，或者想到办法把人家自以为聪明的想法贬得平庸普通时的表情。你看起来像个不愿受人摆布的小商贩。当你这个样子的时候，我感到尴尬：你把自己贬得很低。不过不能让其他人发现你这个小癖好然后点评一番：我会毫不客气地在他人面前维护你。有的时候，你在自称不了解的领域会有些奇怪、让人不解的判断。你向人展示一幅画、一首音乐作品、一首诗歌，然后说："这很简单。"你好像希望重新回到某种稳定的姿态上，这姿态刚才因某种超出你能力的东西被损害了。你是那么害怕被贴上故作高雅的标签，所以否认自己感受到的某种美。我知道，但我对此一点都不欣赏。可是假如人家稍稍怀疑你的品位和智慧，我会激烈地对此做出回应，就好像是自己受到了侮辱。你有点自命不凡，你偷偷用眼角看着镜子里的自己，显出某种满足。从女人身边走过时，你会挺直身体，然后用一种看似不在乎的态度看着她。假如她看了你一眼，那显然是因为她觉得你不错；假如人家同你谈起一个女人，你会打断对方问道："她漂亮吗？"你让我觉得好玩，有种想嘲笑的欲望。可其他人不能说"你喜欢吸引女人"，你的弱点是属于我的。我在从未暂停过的对你的观察中，一点一点发现了它们。你的这些癖好让我觉得痛苦，可我不要你改变。有的时候我会笑着同你谈这些，我不想让你不高兴，也不想给你任何建议。我想让你知道，其实我都知道。与其遮遮掩掩，你不如对我展示你所有的小缺点。我喜欢它们，因为它们属于我。其他人不知道，正是这样我们才超越了世界，被联结在了一起。没有什么比弱点与缺陷更迷人了：正是通过它们，我们才能走入爱人的灵魂，那为了与所有人始终保持一致而隐藏自己的灵魂。它就如同一张脸。其他人看到的只是一张脸；但是我们自己清楚，在某个时候，鼻子的弯曲线条开始出现，那线条并没有继续某种理想曲线，而是不知不觉被破坏，勾勒出一个普通的鼻子。我们知道，凑近看的时候，皮肤不太细致，还带着黑头；有的时候，眼睛里的斑点会让人觉得目光暗淡，而那一毫米的多余又让嘴唇显得平淡。相比那些完美无缺，这些小缺点让人更想亲吻，因为它们太可怜了，也因为它们，让这张脸不同于其他任何脸，独一无二。

不要因为我对你的评判和衡量而抱怨：我对你了解得更多，但这丝毫不会让我对你的爱有所减少。不再幸福的人不是我，而是您。您应该把信里的那句话换一种方式来说："您很清楚，您是无法给予我幸福的。因为即使在我们最亲近的时候，您都始终为自己保留了一个角落……那个角落并没有为爱而颤动……它在评判我。"

那么，我评判的究竟是您，还是我自己？您很清楚，我始终凝视我的生活，我嘲笑自己、批评自己，我笑我的投入与热情，对自己全无信心。同样，我对您也再没有信心。即使有您很多的爱，我依然不确定。您有很多女性朋友，我不责怪您。我倒是挺想听听您谈论她们的，这样我就会知道，究竟是什么吸引着您走近她们，而远离了我。可是您同我讲得非常少。我以为您不喜欢我了，我也不敢问，虽然我是那么地想知道。一个眼神，一个字，一阵沉默，都能让我担忧……可是我对自己说："您是自由的。"因为我不想我们因束缚而待在一起，尽管我希望我们能在一起。只是我是如此清楚，您不再爱我了，努力试图抵抗或是挽留都是愚蠢的。这种努力是那么的徒劳，当我有一点点试图抵抗的念头时，我都会笑自己："你会嫉妒？哦，不！这不适合你，还是什么都别说了。你将得到的只会是一个微笑，一些痛苦的安慰……他还是会离开的，甚至会更快……所以还是说'您是自由的'吧。"

　　我试图在您之外寻找另一个支柱，这样哪天当您不再爱我了，我依然可以有所支撑。这个小小的支柱，不是另一个人，不是一个梦，也不是一个画面。它是您所谓的我的自私、我的骄傲。那是在我痛苦时，我试图找回的东西。我想抱紧自己，一个人待着，和我的痛苦、我的怀疑、我的信仰的缺失在一起。在这种悲惨中，因为能感知，我才会有继续走下去的力量。如果一切都变了，一切都让我觉得痛苦，那么至少我仍然同自己在一起。当我确定连我都不需要自己的时候，我就是真正迷失了。

✳

　　您向我描述您未婚妻的那段时间，描绘的节奏与
您情感的发展是一致的。那些句子慢慢被拉长，然后
一点一点减弱，直至下坠，接着悄无声息地、永远地
结束了，再没有力气走得更远：它就是在那里永远地
停下了，如同您停留在她的身边。

　　假如我是一个极度自恋的人，我就会想您仍然是
爱我的，只是出于义务，为了不让一个信任您的年轻
女孩痛苦，才离我而去娶她为妻。但是您放心：我并
不自恋；我只是对"必须""害怕令她失望"这几个词
感到可笑。我也想到，假如我是您的未婚妻，假如我
读到这句话，我会很伤心。我不希望别人娶我只是为
了不让我失望，或是为了向我掩饰真实的自己。这种

建立在半个谎言上的婚姻会让我生气；这种情况下我
宁愿选择离开。可这只是我的想法。况且您的未婚妻
并没有读到这句话：她不知道"您究竟是怎样的"。假
如她知道了，她有可能还会因为您向她的爱致敬而感
到高兴。一个恋爱中的女人对于男人选择了她、她的
爱终于有了回报，难道不应该感到幸福吗？您这时的
情感混合着模糊不清的感激之情和喜悦，因为她给了
您幸福，哪怕您配不上也无法回报。所有这些，再掺
杂着一些天真，让我很不舒服。我不知道为什么，因
为您所说的正是一首所有陷入爱情中的人的歌，永远
愚蠢但真实。我并不是在嘲笑。您在这句话里所说的，
在这些词汇里所表达的，不过是您爱的是一个同我不
一样的女人，您爱的是她身上与我截然相反的地方，
您爱了她很久却从来没有告诉我。

　　去年在乡下的时候，您到的第二天，我们爬到

半山坡。坐在大片干燥的草堆上，看着平原，我离您
那么近。我轻声地同您谈起您那位朋友，您并没有回
答。可我坚持要问，于是您用有点干涩的嗓音说，您
身上这部分是我不喜欢的，所以您不想在我面前展现
它。您的眼神飘向远处，做了个不想再讲这事的手势；
然后您用一种高高在上的眼神看着我，同我讲其他事。
我不再说什么了，一层阴影笼罩在我重新见到您的喜
悦中。这六个月来我都生着病，离您很远。您并没有
忘记我，但是另一个人的存在让您看待我的眼光不同
了。您指责我的性格、我的品味……您选择了我不喜
欢的立场：我隐隐感觉到，您在想着一个同我截然相
反的人，然后不停地将我与她做比较。您对我有着某
种固定的看法，您观察审视着我说的话、我的手势以
及一切能进一步证实您想法的东西。您觉得我的情感
小气，我有着吓人的自私和各种苛刻的要求……我不

再试图告诉您，您错了。因为您有一种"这不可能"的确信。您还有一种会让人停止一切反驳的微笑，我能感觉到没有任何东西能撼动您所谓的"真相"。从前那些让您觉得傻的蠢的事情，现在您认可了。您好像摧毁了自己最隐秘的各种想法。您好像试着要把留在您身上的我抹去。我很痛苦，无论您如何责怪我的那些缺点，认可我的优点，您都不想再看见那个真实的我了。我哭着看着自己被摧毁了。

您向我解释过，您是如何感激一个"既没有权利也没有要求"的女人的爱。

假如您想一整天都对着水塘吐口水，一直到吐出圆形的泡泡，那么爱您的那个女人就会一整天什么都不说地看着您吐。她会很幸福，因为这是您喜欢做的事情。假如您每天都想对着水塘吐口水，那么她会每天都站在那里看着您。您补充道，我是做不到这点的。

我确实得承认，我做不到。我会先试着睡觉，然后自己找点事情做。假如不行的话，我会忍不住跟您说，这么做傻得很，与其有这个时间精力还不如吻吻我。然后我会走到您身边，和您一样朝水塘吐口水，再发明一个比比谁吐的口水激起的涟漪更大或更小的游戏。您是不是真的能站在我的身边，看着我往水塘吐口水呢？

在科西嘉岛的时候，有次我走了很久，穿过马基斯灌木丛走到一条空旷的路上。我拽着马的缰绳，俯身到它的脑袋下方，我呢，我在两棵野草莓树之间露出脸，我的胸前挂着粉色芍药。我当时真希望您在那里，这样您就能闻到马基斯植物的芬芳。您就会明白我那时不时地对荒野的热爱，就会同我一样简单狂野，我们就会相爱了。我把马紧抱在怀里，芍药被揉碎了。没有人和我一起，爱我所爱的一切。

威尼斯夜晚的贡多拉船上，散发着难闻气味的河道边，三色灯笼下《我的太阳》的调子沙哑地响着。暗淡忧郁的宫殿边，我为我的形单影只而哭泣，我知道您不愿意同我一起被这阴郁的魅力所折服。

站在山顶处，我像做梦一样从白雪皑皑的山坡上滑下来，想要在心里留存那些梦幻的画面。这样当我再次来到您身边的时候，就可以给您也看看。我寻找着热烈的词汇，让您也能品尝我的喜悦，让您也想同我一起去体验。可是很快，您就不想再听了，您的脸色变得阴沉。

我想带您去看舞蹈，去听独一无二的音乐会。我所有的愿望就是让您高兴，当您被打动时就是我最幸福的时候。可您不愿陪我去，您不愿再来找我了。

无论我在哪里，您好像都与我同在。您进驻了我的感情中。因为您不在，我满心忧伤。我试图把我所感受到的一切细节都留存，让它们以最原始的面目呈现在您的面前。难道您从来没有感觉到我试图让您也体验这一切的满腔激情吗？为了让您也能感受到我所感受到的，我将您一直装在心中带在身边，这样关于我的一切都发生在您在的时候：我眼睛里闪出的光芒，我跳舞时身体的姿态……当我感觉到那美好的绽放即将到来而您不在的时候，我是如此焦急。成功让我充满了满足感，因为我可以讲给您听。烦恼也显得如此轻微，因为我可以向您倾诉。我总是想多做点事，再多一些，好将我"财富"的增长带到您的面前。

夜晚，在巴黎那些我匆匆而过什么都没看清的街道上，我试着喜欢您喜欢的东西。我害羞地挽起您的手臂，像街上所有的情侣一样。我好奇地像您一样闻着街上的味道。我喜欢雾的芬芳、人与人之间的擦肩而过、年轻女工们的热闹喧哗。阴暗的街道上，一向不喜欢在人前表现的我，居然很享受（那是一种不被允许的享受），用一种"不舒服"但温柔的方式回吻您，因为您喜欢。夏天炎热的午后，在我小小房间的沙发上，我们唱着温柔的曲子。那是十年前的舞曲，歌词傻傻的，而我，也不是一个感情用事的人。但是在您的身边，在比我更浪漫的您的灵魂的影响下，我也被这简单的曲子调动了起来，想起被这简单但透着人类温情的歌唱吸引着的人群。"梦幻的探戈，爱的探戈"，它让我离您更近了……我想读读您读过的东西，看看您所看过的东西。可您只是对我匆匆说了几句，好像这些东西完全不是我能理解的。

当人们同我谈论爱情时，我就会微笑着想到您；当人们说起"男人"以及他们对"女人"造成的伤害时，我又笑了起来，因为我想您不是这样的"男人"。

但这并不是爱您。因为我仍然想继续丰富自己，因为我不愿意把自己摧毁，简单地成为某个附属品，再也不渴望成长，沉睡在对喜欢的男人幼稚的欣赏里，任他左右。

男人在想要同一个他爱了很久的女人结合时，却常常为社会与道德教条所困扰，这很令人不解。他爱这个女人，因为她坚强、独立，有各种自己的想法。可是当他在考虑要娶她的时候，他那种本能的控制欲，他的自恋，他对"别人会怎么说"的在意，把坚强变成了叛逆，独立变成了傲慢和难相处，有自己的想法则成了自私刁钻的代名词。他们让您明白，生活由一连串日常琐事组成，我们不得不屈从，养成某种普通的"性格"。事先明确各自的角色很有必要，因为这不是玩过家家的时候。男人会尊敬爱护妻子；他会用温柔的声音说，这里不能去那里不能去，要这样做而不是那样做，因为所有人都习惯如此。女人会回答"好

的，亲爱的"；而当她和朋友们在一起的时候，她会用
唱诗班一般的嗓音骄傲地重复道："我的丈夫。"她会
用无比幸福的方式讲出这几个字，惊讶于自己现在也
属于能说出"我的丈夫"这几个字的精英阶层了。她
们中的每一个都想让"丈夫"的言行显得更美好。"丈
夫"的温柔也好，责怪也罢，都被她们用一种傻傻的
方式讲出来，如同一场摆满珍贵宝物的祭奠典礼。每
一个涉及的话题，每一个提出的问题，肯定会听到
这些话："我得问问我的丈夫"或者"我的丈夫对我
说"……就在我写下这些句子的时候，我听到隔壁露天
座上一群年轻美丽的女子正在兴高采烈地谈论。我不
知道她们究竟在谈些什么，但是我能清楚地听见那不
断重复的词汇"我的丈夫"；当我散步或者午餐时偶遇
她们，无意中听见她们的对话，"我的丈夫"那几个字
也总是出现。是不是真的要变成这样，女人唯一所想

的就是她们丈夫的想法？也许人们会笑我，觉得我是因为内心怨恨才这样冷嘲热讽。可我是真的觉得那些不停在说自己丈夫的女人很无趣！

您信里的很多话都以某种方式将我称作"女权主义者"，您是故意装作不明白我为什么要您把我的照片还给我吗？我还没有自恋到觉得从前的照片会让您想起我，成为您新生活的阻碍。日常生活很快就会消耗掉过去事物的生命力。我也不想像情侣们通常分开时那样。我很愿意将过去的东西都留给您，因为它们已经没有任何意义，也不再重要。只是，我想到了您的妻子。您不同她谈论我，这我理解。那您也不该保留我的一切，这是个尴尬的秘密，她可能会发现。假如您同她说起我，口气就像您过去同我谈起您曾经爱过的其他女人那样，我就觉得不舒服。您曾同我说起过一个女人，解释说你们的分手是因为"我受够了"。您的眼神变得坚硬，嗓音变得沙哑，似乎是从嗓子深处发出；有那么一段时间，您的眼神望着远方。那是一个不可能被撼动的理由。就像人吃饱了要离开餐桌时说的，再怎么坚持也是没用的。几秒钟后，您揉了很久眼睛，然后发自内心地叹了口气："她结婚了，我真心祝她幸福。"我不知道我们为什么会在意一个只是被称作朋友的人的评价。也许是出于骄傲？我们总是希望自己受到的待遇和其他人不同。可我还是希望，您永远都不要谈及我。可是您那里有我的照片，您的妻子也许会发现。您会说，这发现对她造成的痛苦您来"负责"。我不想要您来"负责"。因为我有某种女性的自尊，我会很受伤。我猜想您会安慰她，您会非常温柔、体贴、温情脉脉。您会让所有问题在您的抚摸下消失，您会"负责"。您难道感觉不到这会生出怎样的羞辱和怨恨吗？我不要因为我，让您来负这样的责。

为什么要问我："有没有一个让您觉得为他而造的男人？"人们对女人说"那个您为他而造的男人"，对男人说"那个为您而造的女人"，为什么不对男人说："那个您为她而造的女人呢？"对男人来说，好像一切都是为他们而造的……即使同一个女人的结合，也是从他一生下来，就已经有那么一个适合他的。这句"您为他而造"意味着某种服从适应，也将女人的幸福全然依托在了男人的身上。奇怪的是，这个女人是为男人而造的，可幸福却跑到那女人身上去了。那男人就不能有幸福吗，还是他的幸福就是感觉到那个为他而造的人对他的顺从？抚摸着波斯猫的男人是否会试图去了解，那动物清澈的眼睛里在说些什么？还是他觉得只需要抚摸就能打动这只动物？

我觉得姻缘早就注定这个念头十分美好。有一个日本传说讲，月亮会用一根红绳子把未来的丈夫和妻子的脚绑在一起。一开始的时候，那绳子是看不见的，两个生命互相寻觅，假如找到了，这一生他们就能拥有幸福。也有的人一辈子都没有找到，于是生活忧心忡忡，最终忧伤地死去。他们的幸福要等到另一个世界后才能开始，那时他们才能看到那根红线系在谁的身上。我不知道我能否在这个世界上找到那个系住我的红线的人。我想这个传说和世界上其他传说一样，是一种诗意的安慰。我们为他而造的那个人，不就是那个让我们愿意接受自己为他而造的人吗？对我来说，那个人本可以是您。

✳

在您的信中，我能不停地感觉到，您把最简单不过的真相用逻辑的词汇、谦虚的态度、试着给自己解围的伎俩遮掩起来的企图……这让我觉得好笑。

"您也许是对的，我知道……但是谁又能知道假如您错了，那会发生什么呢？"

您的第一句话就是这么结束的。我忍不住想到那句著名的话："要是人人都像你这么干，这世界会变成什么样子！"这是人们无话可说的时候，常常拿出来用的句子。同时眼睛还要看着天空，让上天做证，好像这样就显得自己的观点更有力了。假如我不应该对自己没有信心，或者我应该最终建立起某种信心……或者事情会像开始时那样继续下去：也就是说我对自己没有信心，您会依然爱着我……

　　为什么要这么谦卑呢？"我知道我写的这些您会觉得矛盾……站不住脚。"

　　您展示在我面前的感情，我找不到一点矛盾的地方。可您是那种觉得当自己的观点表达到了极致时（您所说的一切都是清楚的、确定的、不容置疑的），您会目光坚定地看着对话者，身体向她倾过去，试图唤起她的情感，甚至宁愿承认自己缺乏逻辑，就为了让对方认同自己。稍后，您会重建一切秩序，再回到逻辑中。可是，在这之中，您却在指责我缺乏逻辑。当您在讲感情的时候，我似乎被什么奇怪的逻辑影响了，才会不明白您而坚持要说说我的"想法"。也许我只是会在您说出"友谊"这两个字的时候停下来，微笑着指出您现在有多喜欢同我使用这个词。以前我害羞地说到"友谊"这个词的时候，您会热情洋溢地回答"爱情"。而今天当我稍稍表露出一点感情时，您就会显得吃惊，同时表示"丝毫不要怀疑我现在的感情"。

这句"丝毫不要怀疑"可以有任何解读，因为它相当于在说，这些都没有任何意义了。接下来的话总是："但是……我很遗憾……"当对某个决定或者某种逻辑坚信不疑时，人可以坚定地说："丝毫不要怀疑……"您曾经找出一句我过去说过的话，那句话好像在表达我不再喜欢您了："您一直说您喜欢的是我身上的孩子气，像个小孩。您一点都不隐瞒，我身上的孩子气不在了。"您拿这句话当保护伞，却不愿意记得您从来都没有接受过这句话。现在您很高兴地接受它，因为它帮您躲过"不忠诚"这个罪名。我完全可以同样对您说："您一直跟我说您会等我的……您从来都没说过您不再等我了。"

　　知道如何全身而退是一种艺术；而您那句"您一点都不隐瞒"和"丝毫不要怀疑"无比和谐地配合在一起：我好像看见的是一个商人，在拒绝一单不想做的交易。

　　"小孩"是个苍白的年轻男子，穿着黑衣服。他有一头好看的头发，闪着蓝色的光泽，戴着一副大眼镜，镜片后棕色的眸子坚定地凝视着。它们想要做出无礼的样子，可实际上又很腼腆。小孩看起来并不属于哪一个"世界"，好像独立于所有的群体之外。他有很多体系和理论，可是一个个很快都会消失，然后随着时间又会创造出新的：就好像他从来都没有过这一切。他保留着所有的偏见，可好像又不看重它们。他保留这些只是为了理解那些仍然需要偏见，或者已全然克服了偏见的人。

　　他不认识我和我的任何朋友。他既全然不了解我，

我也就没有任何需要遵从维护的所谓的形象了；而且
他不属于任何"世界"，他心目中也没有任何典型女性
的形象，不会对我有什么抵触。我立即就想同他说说
我。一直以来我都在寻找一个人，在他面前我可以尽
情表演。难道不是所有人都有这样的弱点吗？我会和
自己讲话，可自言自语的那种干瘪坚硬有时会让我疲
倦。如果有一个同伴可以听我抱怨，得到他的怜悯和
认可，这就容易多了。我们渐渐变得重要，说的话好
像也变得具体了，一个虚构的世界逐渐形成，然后我
们在里面扮演自己的角色。在这个过程中，人对绝对
真相的尊重会有多少？这些小小的虚构世界是不是能
解除部分痛苦：让痛苦凝固下来，变成人灵魂外延的
一部分。在一段时间里，我需要这种容易的出口。我
把自己变得僵硬，试图保持我的完整性；可是为了安
抚内心的警惕，我那时候觉得，一旦我讲述完我的一

切，我就可以摆脱真实生活中那些无关紧要的东西：我的生活好像就变得广阔了。我需要另一个我。

那个穿黑衣服的、眼里写着倾诉欲望的年轻男子我很喜欢。我叫他"宝宝"，每天都同他讲话。我把自己的一切都详细说给他听，即便他不在，我仍会对他低声讲话。所有的事情只有在我讲给他听了以后，好像才有了价值和滋味。我并不是将他当作什么向导，可他是我开启行动的起始点。我喜欢他，因为他就好像是我自己。我想宠爱他。他对我来说很珍贵，我害怕失去他。

可是有一天，我感觉到"宝宝"不在了。他不再穿着黑色的衣服；他走进了某个群体，不再懂得曾经置身于群体外的人。他会因一点小事而像发现了猎物一样高声喊起来；他的人生信条也固定下来，那就是为了幸福而平庸地活着。他不愿意追随我了，我的故事只会让他耸耸肩膀。"宝宝"死了，而我喜欢的是"宝宝"。可他身上剩下的那些东西又和从前那么像，所以幻觉还在继续维系着，我没有放弃。人不会因为自己的翻版突然消失，就立即与它分开。我们会追着他的画面、他的记忆，我们会希望自己弄错了，我觉得他并没有死，等我好些了他会再回来的。有没有可能他根本早就把我跟他说的一切都扔掉了？

您曾觉得我的影响是"有害的"。今天您又重提，并给了他一个友谊的抬头。为什么呢？我曾经同您讲过的故事，对您产生的影响，都已不在。我们早已改变了各自生命的调子……让我痛苦的，并不是爱情的死亡，而是我们共同制造的一个充满生命力的存在，或者也只是我一个人制造出来的……那个存在是我和您的结合，是我们各自希望的对方的样子。那是我需要的您，不是您假装的一个我的欣赏者，而是个爱我的男人。因为对我的爱，他对我的一切都感兴趣。在他面前，我可以保留自己所有的缺点和优点，我可以放任自己变得混乱……在这种诗意的、意料之外的混乱中，一切本能都会转变为言语和喊叫，然后让灵魂找到自己的路，并继续前进。我猜想这些暂时的迷失丝毫不会影响您的爱和信心。

　　然后在这存在之中，还有一个您眼中的我，一个神秘的女人。我不知道您同我在一起的时候都感觉到了什么：幸福、喜悦、焦虑、烦恼……那么多的问题！我没有回答。有的时候我觉得我是必不可缺的，可有的时候又觉得一切只是偶然。我有瞬间的自信，也有无数的忧伤。我不知道我对您来说意味着什么，就如同您也不知道您对我来说意味着什么。我们之间的吸引力所持续的时间，应该同我们担忧自己不知道在对方心中究竟是什么形象的时间一样长。是谁将这种吸引力给打破了？我们以为看到了自己在对方心中的形象，也将对方的形象在自己心中固定下来。难道是这让我们分开了？

　　哦！请不要觉得我把您当作找不到更好的时候的"替代品"。您没有必要再做出谦逊状，觉得自己不过是个"物件"，这没什么意义。有时，我不得不认为您是出于某种虚假的谦虚才这么说话的。几个月前，您还认为您开始逐渐接近我喜欢的男人类型了。您知道服从不是我的性格。有时，我表面好像服从，可永远在想怎么"转变"这局面。我会因为要同您生活在一起而选择服从吗？爱情的痛苦并没有促使我去寻找"替代品"。如果我真要这么做的话，我也不明白为什么我会选择您。您的逃跑，如果我能这么说的话，并没有像看起来那样让我那么痛苦：所以现在我也不会去寻找"替代品"。哪怕您看上去不声不响的时候，您的身上是不是仍然有一种清楚的高傲是您不愿意扔掉的?

　　您在我的热情和我的选择里看到了我根本没有的意图。我想我那看似灵巧的爱所带来的糟糕结果证明了，我应该多问问自己，这样的爱到底对不对? 也许您对我来说真的只是一个替代品，但我不是这么看待您的。我那时候开始觉得，您是有一个特别的位置的。可是您也并不是那么聪明。您的爱并不显得更细致。您并不比其他人更投入，您的一切都是普通的。可我偏偏喜欢来自您的种种。为什么呢?

✻

这种偏好，您把它解释为我爱您的唯一理由；而您被我吸引，则来自征服我的欲望。

然而有一段时间，您的爱，您所谓的"征服我的欲望"，是同奉献、深情、不停地思念连在一起的……简单来说，所有这些混合、杂糅在一起，就是被人称为"爱情"的感情。而现在，这份爱被简单归结为某种最苍白、最没有新意的表述——"征服的欲望"，您让这种欲望膨胀，好填满爱的空洞。对一个人来说是爱，到了另一个人那里就变成了征服、服从……其他一切都被笼统地冠上"友谊""深情""奉献"的名头。我是该怀疑爱情本身，还是您呢？幸好我们之间不是只有这些；而那些其他东西，我曾称之为"爱"。

　　您旁敲侧击地提到那个悲伤的 10 月，我遭受的痛苦并不来自您，而是另外一个人。我自然而然地选择了您，我认为您是最合适的人，于是向您寻求力量帮我忘记一切，重拾欢笑。我请求您听我谈论另一个人。您在的时候我后悔了，我几乎有点生您的气，怨恨您不是他。您的爱隐秘而执着，不带任何功利色彩，甚至有点英雄主义，战胜了我的固执。既然您如此爱我，那我就没有理由再觉得一切都是绝望的。

　　看到您爱我，而我留在您身边，我感到很甜蜜，那种像是爱情的甜蜜。不要分析这些回忆，因为在它们身上我看到的只有爱情。

　　对我来说，我不知道是什么样的感情推动着我来凡尔赛看您：是爱情？是对一个男人的友情？……是的，是所有这一切叫不出确切名字的东西，它们让我思绪混乱，这好像常常发生在年轻的恋人身上。我每个星期只有一天在巴黎；而这一天最重要的事情就是见您。为了和您在一起度过十五分钟，我用整个下午的时间，坐出租车去您的"学院"。在见到您之前，兴奋是占据我的主导情绪；在离开您的时候，我陷在期待结束后的筋疲力尽中。我在十二点到一点之间见您。我会在十一点的时候喝茶，两点的时候毫无胃口地吃午餐，我的嗓子里好像有个球卡在那里，上上下下。出租车开得太慢了，一路上的阻碍叫人筋疲力尽。到了圣－克鲁门的时候，我从来搞不清楚到底该坐哪辆电车，我想坐第一辆。我向一辆车跑去，然后又转向另一辆……每次我一转身，我没上去的那辆就先出发了。焦急之下，我在本该下去的那站的前一站就下车了；而当我决定耐心等待时，我又坐过了站。因为怕迟到几分钟，我焦虑无比地跑起来。后来又停住了，因为我整整早到了二十分钟。我想我最后肯定还是会迟到的。我给您带来了巧克力糖果。我们来到一间小小的、光线昏暗的房间，坐在两把坚硬的椅子上。角落里总是有个小个子越南人在那里给地板打蜡。他没发出任何声音……但我们突然发现了他。这让我们很尴尬。他傻傻地看着我们。他是不是明白了？他走掉了。我们靠着彼此坐在那里，怀着小小的紧张，生怕听见门被打开。您不敢把嘴唇印上来。我想把自己打扮得美丽动人，于是挑了您会喜欢的裙子穿着。当我们从楼梯上走下来的时候，您的同学们看着我，然后对您投去夸赞的眼神。我觉得很好玩。这一切有点幼稚。但是您很高兴。

　　爱情，游戏，忠诚……这是我一直以来对您源源不断的各种感情。为什么您希望"重新找回"它们呢？您只是看不见它们了，因为您必须看不见它们，既然您想远离我。现在您重新又稳定了下来……当然

是在另一个地方，新的恋情稳固了，对自己也不觉得
有什么遗憾了，于是您要求我表现得像您从前爱我的
时候那样。您不再用"爱"这个词了，您说的是"友
谊"。可这个新的字眼所包含的是一样的东西。您要求
的是爱，那种只因为存在就满足的爱，为了成全他人
和放弃的爱。

　　只是您长久以来要求我的心给予您的是完完全全
的爱、精神上的爱、身体上的爱……现在想轻抚一下
就抹去我曾有的、我所爱的、我想要的，好像是件很
难的事情。您想要的只是善良。您觉得只要否认剩余
的那些，爱情就真的不存在了？

　　要在您的眼里继续当那个完美的女人，回想起
时既没有懊恼也没有遗憾，我必须保留您想要的那种
爱，而我能期待您的只是在您无事可做的时候，帮我
一些小小的忙。这些帮助我完全可以从其他人那里获

得，我完全可以不来找您，如果不是因为我的懒惰鼓励我来询问您。事实上，这些帮助也是长久以来，您对我表现出的唯一的慷慨。我犹豫了很久要不要来问您，有时候也很后悔同您讲话。我能察觉到，如果我的请求影响到您的日常生活节奏，您就会心情糟糕，会拒绝我。如果帮我忙能完全融合到您的生活秩序里，您才会去做。而现在呢，为了向我证明您的友谊，您又表现得更热情了。我不会忘记那句："如果有机会……"但是这些对我来说并不是友谊的证明。友谊对我来说是简单的，无论何时我都能同对方分享我所想的，他能同我一样感受到我的快乐或烦恼。我不认为我能毫无节制地享用，但是我想我可以自私一些。对朋友来说，我应该可以向他要求很多，而从来不用担心会让对方不高兴。这样的友谊，您已经很久没有再给我了。

　　因此，"我心中这个小小的位置"，我不会为您保留。出于某种爱情中的幼稚，我曾经向您保证过，我会永远为您保留一份小小的真爱，哪怕我热烈地爱上了其他人。现在结婚的人不是我。在我的心里，关于您的画面占据了所有的位置。为了让我不再痛苦，您必须从我的生命里离开，这样有一天当您的名字在我面前响起时，它才能像轻风一样，拂过无痕。我要这种遗忘，因为我要平静。您呢，您已经拥有了幸福。我的一点爱对您而言，没有什么特别的用处。

✳

　　是的，已经很晚了。我刚刚关了灯，好让夜晚的
光线淌入房间。

　　在毛毯和床单的包裹下，我觉得温暖柔软；窗户
大开着，室外冷得刺骨，零下二十度[1]。

　　外面的雪洁白。令人窒息的寂静笼罩着一切，那
死寂来自白雪，似乎在等待某种启示，它的即将到来
让人的心也轻快起来。从开着的窗户能听到夜里不断
响起的咳嗽声，走廊里，各种各样的咳嗽声回响着。
它们飘在冰冷的寒夜中。其中有一个从来没见过的年
轻女孩的咳嗽声。整夜整夜，不知疲倦，没有停息，

————————————

1　此处指华氏度，约零下七摄氏度。

像干燥木头裂开的声音。在她消失前，我们还会听到
那声音多久？她的身体还没到筋疲力尽的程度，这个
黎明的晨曦不会将她带走。另一个房间里，刚刚离我
们而去的那个男孩，走得那么快，吐出来的血从嘴唇
里流下来，他的咳嗽声潮湿、深入骨髓，每一次咳都
会带出血……什么时候才能得到些宽慰，知道那血不
会再流了呢？我的邻居不时响起一个小小的、叫人安
心的咳嗽声，看来醒着的不只我一个。我呢，也咳几
声作为回应，以检查我的肺部状况。我是不是能感觉
到破风箱那样空荡荡的、即将走向消亡的呼吸？或者
那种细小的断裂，叫人想起布料被撕扯？或者是饱满
的回声，给人一种一切都已修补完成的错觉？夜晚只
有咳嗽声！这是一首赞美诗吗？它将走向哪里？

　　我一个人，可今天的我并不比其他时候更孤
独，也许还要好一些。今天晚上，我知道一切都破碎

了。这对我来说有种如释重负的感觉。我可以不再抱
有那叫人抑郁的希望，行动起来，不再幻想事情会回
到原来的样子。我要忘记一切向前走，再也不向您望
去。过去都已死亡。这漫长的几个月以来，我无意识
地抵抗着，让它不要死掉。我紧紧抓着它，抓着您不
放……带着愤怒、悲伤和爱。我希望一切都永恒不变，
继续下去……我每天都对自己说，明天、明天一切都
会回到从前。这个"明天"从未到来。昨天我仍然在
等它，可是今天，我不等了。我应该觉得前所未有的
孤独。那种空荡苍白令我无比痛楚，没有了爱情的我
的心，难以想象将来的日子。您走了，可我却觉得，
同那些不停地在找您的日子相比，反倒不那么孤独了。
那个我又回来了。我会和我一起，继续努力向前走。

　　我知道"您那份旧日的友情"对这些都不再感兴
趣了，也许有一天我会需要它。但我不会从早到晚只

惦念它了。您可以安心地留在您的幸福里，不用管我。您的心灵无法听到这寒夜中越来越响的咳嗽声。在巴黎看见葬礼的时候，您会脱帽致敬。在这里我们则会回避这些东西，经过墓地时甚至会把头转过去。也许就在明天，在我们尝试欢笑跳舞的时候，会远远听见人们在为一个死去的人哭泣。他死于和我一样的疾病，总有一天会轮到我。一起在这个世界的角落里抱团取暖，我们问自己："下一个轮到谁了？"在这里，在这种无用的、躲避一切的焦虑抗争里，所有人类的苦难在吼叫："为什么？为什么呢？"

　　假如我能让您感觉到这种苦难，您会迫不及待地想忘记它。为了让自己安心，您会像所有健康的人一样，谈起疾病时就会说"并不是像说的那么可怕"。我什么都不会对您说。但是请离我而去：您不能再同我一起了。让我受苦，让我痊愈，让我独自一人。不要觉得无法给我爱，就想用友谊来代替，把它当作一种安慰。也许当我不再痛的时候，它会是吧。但是现在我很痛。当我痛的时候，我会头也不回地远远离去。不要让我回望您，也不要远远地陪着我。请离我而去。

1930.

12.

24

✳

　　我知道今天我会收到您的信，就像我知道八天后我会收到另一封您的信，祝我新年快乐。我把这封信揉成了一团，扔进了垃圾桶。我松了口气。

　　然而，我却不能说任何对她不友好的话。我应该给您写信，感谢您，用我的友谊作为回应。但是我做不到。您的信写得很美好，相比起来，也许我的态度显得很小气……但是没有什么信能让我再受到更大的伤害，也没有什么会让我更激烈地想要远离您。

　　我不给您写信，因为我要忘记您。每一个印有您字迹的信封，对我来说，都是一种痛苦；每一句我应该对您写的话，都是一种斗争。我没有办法继续对您说那些听起来冠冕堂皇的话了，而我爱过的心，只要一提起过去，就会觉得疼痛。假如我试着去了解您现在的生活，我会痛苦：我不想这样。

　　我不给您写信，因为您对这一系列事件的处理让我不高兴。让我觉得冒犯的不是您的婚姻，而是我本以为对您来说，我是一个比任何男人、情人或者妻子都更亲密的朋友。我觉得我们之间的感情是罕见的。所以当您爱上另一个人的时候，我期待的是您会慢慢对我完整地吐露这段感情在您心中发展的过程。可您的表现和所有人一样。您寻找我的缺点，您的眼里只剩我的缺点；您是不是需要让自己安心，您不再爱我是个正确的决定？您决定结婚并且告诉了我。为了告诉我这个消息，您又忘记了我的缺点想起了我的优点，好要我继续爱您。可是您呢，您知道吗，这几个月您多次重申我多么自私，性格多么不好：在您眼中，我无须再装出其他的面貌。对我来说，当然仅仅是我，

最好是我来结束我们的关系：此时此刻，您再也不能
给我任何我想要的了。

今天早上您的信，正是我需要的。有的时候我会
忘记那些痛苦，我想要"翻页"。我的爱让我想象出逃
避现实的借口，让我陷入幻境时自愿闭上眼睛，满足
于爱情破碎后残存着的情感牵绊。我们还在等待一封
信，我们期待在一次探访中找到从前的幻象。门被推
开的时候我们会心跳，握手的时候会像从前亲吻时那
样悸动。我们小心保存着一朵他带来的玫瑰，最普通
的夸赞好像也带着某种遗憾。然后魔法渐渐消失了，
我们很清楚这一切都是假的。如同把柔软的藤木抓牢
不放，陷在幻灭的过去，没有力量行动，也没有力量
活下去。

如果我不曾爱您，我可以再见您；当我不再爱您，
也许我可以重新见您；但是现在，我做不到。

　　我不要您那些温存言语消失。我不要今晚在您柔软的嗓音中睡去，因为您让我痛苦。假如人试图去抓住一只被他弄伤的猫，猫会抓人然后逃走；不要试图抓住我。

　　我不喜欢您的安慰，不喜欢您的祝愿，不喜欢您想象着我的不幸，然后在信中用尽一切方法证明您了解我的痛苦，觉得离我很近。您早已不知离我近是什么样的感觉。看着您的"感情"我微笑了起来，"宝宝"的画面出现在眼前，显出愤怒与痛苦：那时候，您还爱我，而我对您也有着深深的感情。您希望我快乐，而我能肯定的是您是希望我找一个丈夫或情人来获得慰藉。

　　您认为圣诞节我会悲伤，您想安慰我。哦，不，我不要您的安抚，除非我希望这样，否则圣诞节不会悲伤。我把您的信揉作一团，感到一种解脱。这个动作，让我不再在乎您的安抚，以及存留着的过去。我觉得自己重新找回了战斗的精神，准备好了勇敢地正视生活，哪怕没有了您。也许没有您的人生会更美好：它将是崭新的……该来的终归会到来；它不会更好……更好的还要继续等待。但是留在您的身边，继续一段图有空壳实际早已消亡的生命，我又能获得什么呢？那将是某种丧失信仰的宗教。我需要另一个信仰，而您的存在会妨碍我找到它。我会很快乐，您没有什么可以安慰我的。圣诞节啦！

✳

今天晚上有舞会。餐厅装饰着色彩鲜艳的横幅。
摆着鲜花的大餐桌前坐着一群病人，相处好的两个一
组被安排坐到一起。我们跳舞跳到很晚。我玩得很开
心。我感觉往日的那些疯狂与梦幻好像又回来了。我
看着自己的动作，我想象着这种正常生活可能的结
果……但我还是要玩耍。谁知道呢，也许疾病也会有
暂时休战的时候！它应该也不时需要休息一下，享受
一下周日和假日……这些日子里，像从前那样生活应
该是有可能的。明天，我们又会重新回归病人的艰难
生活：我们必须战斗。可今天晚上能大声欢笑真是美
好。哪怕有那么点小小的恐惧，觉得肺好像要裂开一
样；喝着香槟面孔变得红红的，也很美好。哪怕香槟

会让气管阻塞，也可以不去想它：今天晚上是不会吐血的。跳舞是多么愉快的事情！我们可以站在那里，或者充满活力地坐下、站起。身体找回了一种近乎神圣的幸福，柔软地靠在舞者身上，灵巧地任由身体配合跟随着另一个身体，如同影子一样忠实轻盈。当身体跟上某个节奏，另一个生命就此升腾起来。世界的中心好像变成了这里，在胸脯的中心，乐器的声音节奏和脚踝的柔软摇摆融合在一起。

跳舞，那是生命节奏里最幸福的一刻。在我们以为再也不会跳舞的时候跳舞，那是一场胜利。

节奏摇摆，有些微醺，在舞伴的陪伴下，我慢慢地走到我的房门前。他明天就会忘记这个夜晚的。亲吻后，我们互道了再见，什么都没有说。

译后记

马塞尔·索瓦热，20世纪初法国文学长卷中一个孤独隐秘，同时别致有力的声音。她的出现与离去，如同星空中悠然飞翔的流星，闪亮璀璨，却也寂静隐秘。

1900年，马塞尔·索瓦热出生于法国阿登省的沙勒维尔市。在世纪初西欧社会一切的精英领域依然在男性的掌控中，女性接受高等教育极为稀少的社会背景下，索瓦热是沙勒维尔当地男子高中的一位法语文学教师，持有象征着文科领域精英文凭的文学教师资格证（Agrégation de lettres）。

马塞尔·索瓦热在现实中是一个什么样的女子，是活泼是内向，是伶俐是天真，因为鲜有资料记载，今日少有人知。世人今天所知道的是，这个在文学上有着流星般光彩的女人，在二十多岁时就染上了肺结核。她的青春岁月在充斥着咳嗽声的疗养院中辗转度过。三十四岁时，饱受病痛折磨的索瓦热在瑞士达沃斯的一所疗养院中去世。

索瓦热短暂一生中留下的唯一的"文学声音"，是她的这本用私密口吻讲述的，似是自传小说，似是书信集的《我选择独自一人》。叙述者"我"，一个患有肺结核的年轻女人，在爱人离去后，面对传统的婚姻、恋爱关系，社会与男性对女性在两性关系中的角色预设与偏见等种种疑问与反思。书的创作从索瓦热在疗养院治疗期间开始，在她去世前的一年得以出版。在文学界毫不知名，只是常常出没于"超现实主义"沙龙的索瓦热的这册小书，却获得了世纪初文学大家们的青睐。著名的诗人、剧作家、外交官（曾在中国清朝担任了十四年领事）保罗·克洛岱尔这样评价《我选择独自一人》："一本如此苦涩、纯粹、高贵、又透彻世事的作品……令人几乎想要将它称作女性书写的杰作之一……"女作家克拉尔·马拉罗写道："这本作品也许是女性文学中的一个重要标记，第一本由女性创作的，没有任何屈从的作品。"

《我选择独自一人》的讲述，从载着"我"开往疗养院的火车上开始。"我"不愿意走下火车开启与疾病相处的漫长岁月。"我"不愿意离开那个你，一个"我"深爱着的，一个"我"读懂了他，看见了他的男人。但是"我"是勇敢的。如果与病痛共存是"我"无法逃避的宿命，如果孤独地面对是唯一的选择，那么"我"也只能向着海边的疗养院脚步坚定地走去。

有一天，"我"穿着睡裙，在被咳嗽折磨的眼窝深陷的男人女人们的包围下，打开了你写来的信："我要结婚了……我们还是朋友……”

如“我”所料的，你终于离我而去，选择了另一个女人。

“我”和这个世界上很多失去了爱的女人一样，突然坠入一种言语难以形容的痛苦中。过往一切平凡的细枝末节，此时都变成了令“我”难以呼吸的疼痛记忆。

但是“我”同这个世界上很多的女人有些不同。“我”在这场戛然而止的爱情中看到了“我”和你，我们对爱情从一开始就全然不同的追求。

“我”从一开始，爱的就是你的全部。“我”看到了所有你的平凡与弱点，那些你不想让“我”看到的东西。可是，假如“我”毫无保留地接受并且热爱你的不完美，那有什么问题呢？难道这不才是真正的爱吗？

“我”从一开始，就在与你的爱情中，始终为

"我"，为那个"自我"，保留着一个角落。因为假如哪一天你不再爱"我"了，假如哪天生命中的的一切都将离"我"而去，"我"仍然拥有"自我"。

而"我"的真诚，"我"对你的全部看见，"我"的"自我"，恰恰是它们让你离开了"我"。你需要的是一个有了你，便不再存在的女人。一个无时无刻无条件仰望你、依附你的女人。你要的从来都不是和"我"一样的、平等的、互相尊重的爱情。

当"我"在病痛中明白了所有的这一切，"我"选择独自一人。

"我"选择独自一人，因为建立在一个人必须放弃自我的基础上的爱情，那是叫人忧伤与可惜的。无论男女，无论老少，有什么理由要放弃那个宝贵的、美好的、独一无二的自我呢？当"我"没有了自我，那么你爱的依然是"我"吗？

"我"选择独自一人，因为你所谓的"我们还是朋友"，把友谊当作破裂爱情的托辞。友谊在"我"眼中同爱情一样，应该是纯粹的、坦诚的，它绝不是退而求其次的替身。

　　"我"选择独自一人，因为生命中的真相之一即是，总有那么一刻，我们将要独自一人面对病痛、孤独与终老……

　　这些在今天也许已经被很多人接受的理念，在将近一百年前，出自一个孱弱多病的女子笔下，是何等的勇敢与现代，又是何等的浪漫与高远。少有人知道马塞尔·索瓦热是个什么模样的女子，然而通过她最为女性的、细腻的文字，一张真诚又率真，倔强且充满了坚毅的现代知识女性的面孔，灵动地闪动在书页间。索瓦热一定与她笔下的"我"一样，无论前路有多艰难与寂寞，守卫她的自我，追寻生活与人格上的独立，是她短暂人生中紧紧抓牢的信念。

2007 年,《我选择独自一人》在巴黎被搬上了舞台，朗读者是当时法国电视一台著名的女记者克莱尔·夏扎尔（Claire Chazal）。静谧的舞台上，夏扎尔用她独一无二的醇厚嗓音读着索瓦热一百年前的痛苦、清醒与力量。夏扎尔的金发随意地飘散着，灯光下脸上的皱纹清晰可见。她脸上浮动着女性从容不迫的温柔，与绵绵不绝的力量。

那一刻，索瓦热与夏扎尔一定站在了一起。

她们选择独自一人，美丽绽放。

[全书完]

作者

Marcelle Sauvageot

马塞尔·索瓦热　　（1900—1934）

法国女作家。

18 岁在巴黎索邦大学攻读文学学士。

26 岁不幸染上肺结核，住进疗养院。

30 岁感情重创，开始创作本书。

34 岁病逝。

译者

梅思繁

作家、译者。

法国巴黎索邦大学硕士，现为自由职业者。

代表译作有《小王子》《风沙星辰》《夜航》等。

我选择独自一人

作者 _ [法]马塞尔·索瓦热　译者 _ 梅思繁

编辑 _ 闻芳　　装帧设计 _ 达克兰　　主管 _ 李佳婕

技术编辑 _ 顾逸飞　　责任印制 _ 梁拥军　　出品人 _ 许文婷

果麦

www.goldmye.com

以 微 小 的 力 量 推 动 文 明

图书在版编目（CIP）数据

我选择独自一人 / （法）马塞尔·索瓦热著 ； 梅思
繁译. -- 天津 ： 天津人民出版社, 2025.7. -- ISBN
978-7-201-21327-9

Ⅰ. Ⅰ565.65

中国国家版本馆CIP数据核字第2025UM5217号

我选择独自一人

WO XUANZE DUZI YI REN

出　　版	天津人民出版社	
出 版 人	刘锦泉	
地　　址	天津市和平区西康路35号康岳大厦	
邮政编码	300051	
邮购电话	022-23332469	
电子信箱	reader@tjrmcbs.com	

责任编辑	康嘉瑄
特约编辑	闻　芳
装帧设计	达克兰

制版印刷	河北鹏润印刷有限公司
经　　销	新华书店
发　　行	果麦文化传媒股份有限公司
开　　本	770毫米×1092毫米　1/32
印　　张	3.25
印　　数	1-6,000
字　　数	36千字
版次印次	2025年7月第1版　2025年7月第1次印刷
定　　价	39.80元

版权所有 侵权必究

图书如出现印装质量问题，请致电联系调换（021-64386496）